扣舷獨嘯

王成波 著

中国书籍出版社
China Book Press

图书在版编目（CIP）数据

扣舷独啸 / 王成波著. -- 北京 : 中国书籍出版社, 2022.12

ISBN 978-7-5068-9232-2

Ⅰ. ①扣… Ⅱ. ①王… Ⅲ. ①古体诗—诗集—中国—当代 Ⅳ. ①I227.7

中国国家版本馆CIP数据核字(2023)第001153号

扣舷独啸

王成波 著

责任编辑 王志刚
责任印制 孙马飞 马 芝
封面设计 海东文化
出版发行 中国书籍出版社
地 址 北京市丰台区三路居路97号（邮编：100073）
电 话 （010）52257143（总编室） （010）52257140（发行部）
电子邮箱 chinabp@vip.sina.com
经 销 全国新华书店
印 制 济南精致印务有限公司
开 本 880毫米 × 1230毫米 1/32
字 数 200千字
印 张 7.75
版 次 2022年12月第1版 2023年1月第1次印刷
书 号 ISBN 978-7-5068-9232-2
定 价 88.00元

心底浪花千万朵（代序）

叶　辛

我国古代诗论的第一篇专著《诗大序》中写道："诗者，志之所之也，在心为志，发言为诗。"诗歌作为一种寄托，不同的心境，写出不一样的意境。成波先生经历丰实、见识广博，又思虑深远、富有文采，他把见闻感悟融进诗里、注入词中，从心底流淌而出，就有了这本诗集。

于山水，有纯粹描写风景的"云烟曼妙舞灵空，溪流欢歌逐客影"（《黄山》），"玑珠沸涌，锦鲤渊潜。春水微醉依微澜"（《珍珠泉春韵》），欢快的碧水，缭绕的云雾，斑斓的鲤鱼，使人沉醉在靓丽的美景中。"甸阔水草盛，牛静牧人闲"（《香格里拉》），水草丰茂、开阔幽静、闲适怡人的景色仿佛就在眼前。《太湖秋夜》中"元渚仙山西风，渔火新月云踪"，虚实结合，上半句仙境渺渺，空明遥远，下半句的"渔火"景中有人而不见人，为全诗增添了生活的气息，让人分不清天上还是人间。

诗词渗透了诗人对人生的思考，浸润了对人生的体验。《贺兰山怀古》由"滚滚胡沙高天暗"的戈壁景观，逐层递进，引入曾经的边塞烽火、驱虏大战、修筑长城，回想柱国大将被矫诏残杀，直到发出“蒙恬憾，谁教愚忠空悲叹”的历史感喟。“海棠花荫海棠园，海棠园溢海棠泉”（《春日海棠园》），使人身临其境，站在树荫下，似乎闻到春日海棠的花香，听到泉水在汩汩涌动。“贵妃岁岁醉春梦，骚客代代觅华章”（《宋海棠》），很容易叫人想起仪态万千的杨玉环和手植海棠的唐宋八大家曾巩。而“花落花开谁无尽，新娇何必笑旧艳”（《春日海棠园》），为这园中海棠赋予了更深层的意义。这些诗中，既体现了作者对历史的思考，也可看出作者思想深沉，对事物具有独特的判断和非同一般的见识。

作者写人物，特别是写自己的亲人，情真意切，感人至深。“双肩瘦小担日月，胸怀博大容海山”（《伟大的父亲》），父亲身形瘦小，而投射出的形象却是高大伟岸的。“病疼如影随形，牙关咬破无声”（《慈母》），勾勒出一位隐忍善良的母亲身影。《姐啊，姐》深情记录姐姐的点滴过往，对琐碎往事的回忆动人肺腑。几首诗词语浅情深，流露的感情真挚细腻，使人感同身受，不禁为亲人的辛勤付出和坎坷经历心酸落泪。

诗人是敏感的。岁月流逝，从深秋的落叶中感受到了“春的温暖，夏的葱茏，秋的从容，还有命的规程”（《落枫》）。独自挥汗登山，在经历蝉噪林寂、蝶梦扰魂之后，刚刚得到满目青翠之“喜”，忽又面临黑云翻滚之“忧”，倏然涌上“世上千般愁，人生万古辛”（《登山偶感》）的别样滋味。“帘外垂暮雪，杯里上孤烟”，“浊酒一壶尽，大梦六十年”（《大梦》），由景生情，由表及里，虚实相生，言尽意不尽，让人不知不觉走进了诗人所处的情景与感叹中。

诗人咏物言志，抒发感怀，展现了丰富的想象力。诗集里多次写到蝉。蝉，自古诗人最喜爱咏诵的动物之一，虞世南、骆宾王、李商隐等都写过蝉。然而诗词是写思想，思想新，面对旧题材也能延展出新的感受和情绪。“临风颐浩气，饮露作高歌”（《蝉》），把蝉比作高洁之士，有昂扬向上、品格清高的姿态。“悲鸣贯死生，谁遣降凡间”（《蝉殇》），蝉叫化作“悲鸣”，十数年蛰伏只为几十天的自由，为这小小的身躯涂上悲壮的色彩，这层含义眼光独具，颇有新意。作者还别具一格写蝉蜕，“绝命不绝浩然气，留名只留杏林中”（《蝉蜕》），既有冲天的豪气，亦有顽强不屈的坚韧，还有舍生取义的胆识，可以说为蝉赋予了层层深意和使命，句句都可称为经典。

深人无浅语，诗集中言志抒怀，也表现出诗人忧国忧民的情感和济世经民的抱负。“谁人挥手覆天地，几度沧桑是尽头”（《观渝鄂景物咏怀》），多少朝代的兴衰成败，最终不过都随风而逝。豪杰争雄，受苦的还是黎民百姓，不知道何时才能结束轮回。“今朝秋实分外香，昔日春殇君莫忘”（《公社随想》），提醒人们虽然现在丰衣足食，但也要珍惜当下，不要忘了过去受过的苦痛。在节日期间，感叹“万家粽艾香，几人知忧国”（《端阳感怀》），寓意深沉，借怀念屈原表达了深厚的爱国情怀。新年放假，仍惦念“多少劳作者，犹忧饥和寒”

（《元旦抒怀》），反思深刻，既是自省也是警示他人。

诗里不仅有入世情怀，也有出世的态度。“长生泉外长生禅，卧云洞里卧云闲”（《开元寺遗存》），未见寺庙，浓浓禅意却先透了出来。“暮鼓晨钟来又远，秋色春光去复还”（《秋日佛慧山》），美景钟声使人心情平静，仿佛所有的杂念都已抛到九霄云外。《明湖夕照》中“日月同辉映，天地共静好”与《凤凰湖》中“分明尘世外，谁言闹市间”的心境相通，充满恬淡自然的情趣和天人合一的境界。《藏龙涧》中“山林高卧凡尘远，四海风云任覆翻”，《秋怀》中“天地俯仰无愧怍，春秋冷暖花自开”，面对人世间的尔虞我诈、纷繁复杂，不如洗尽铅华，投入安宁怡人的大自然中。“雁声寥落霜满地，丹霞染尽万重山”（《红叶》），更是借红叶抒发了虽不争而善胜、甘于退隐的牺牲和奉献精神。诗集中对喧嚣外景致的描写，表现出诗人随遇而安、逍遥旷达的人生情趣和超凡脱俗的思想境界。

写作手法上，诗人对诗的起承转合运用自如，尤其是几处转折非常精妙。“几家欢声漾琼浆，谁人怅望泪婆娑”（《中秋》），中秋本是阖家团圆的节日，正应当家人一起把酒言欢，但笔锋一转，联想到很多人因种种原因无法与亲人团聚，徒然生出了一份惆怅与牵挂。《高歌行》中前三句描写冬日萧瑟残破，第四句“我自高歌行”另辟一境，一扫阴霾，飞扬的生命力随歌声迸发而出，为全诗注入无畏前行的热情与活力。《秋问》中，由秋露到青松，由秋韵到家园，由秋阳到人间，由秋风到心田，把秋天的元素与人的元素相结合，层层叠叠，于精巧构思中透出深意，余韵悠长。

诗人运用了绝句、律诗、词等多种表现形式。“趵突名天下，百脉动乾坤”（《百脉泉群》），“笙歌声外品泉涌，超然月下思华年”（《明湖花月夜》）等诗句对偶工整，韵律优美，内涵丰富。但更多时候并不拘泥于格律的平仄声韵，更加倾向于自由随性。《秋问》《请你不要悲伤》《珍珠泉初冬》等现代诗也都是开阖自如、清新灵动。但从另一个方面说，如果能将韵律更加完善，格律对仗再严谨精到些，会升华到更高的层阶。

有人说：“诗词的美在于情真意切，在于直击人心。它们是柔软的，是有灵魂的。”红尘纷扰中，忙碌生活里，倦怠的心灵需要宁静的港湾，彷徨的灵魂渴求温馨的安慰。纵观此本诗集，汇集了一位诗人的所观所思所感所悟，有发自肺腑之言，无矫揉造作之态。诗集内容丰富，情感浓郁，融诗情、画意、禅趣为一体，恰如一幅意境简远的山水画，给人以静美的艺术享受；又如一杯浓厚的美酒，读之可品“酸、甜、苦、辣、咸人间五味”，体味“喜、怒、悲、狂、痛世态千姿”，使人回味悠远，回想深长。让我们细细品味诗集中的优美词句，用心去寻找、去发现、去聆听、去感受生活的多姿多彩吧。

在诗集之外，此处还要提出一点希冀。我的故乡江苏昆山市，多年来是全国百强县之首，历史上出过一位名人顾炎武，至今他的雕像仍在市中心高高矗立着。很小的时候，我就知道他写过：天下兴亡，匹夫有责。他的大名也因此为天下人所知并佩服。母亲告诉我，写诗就要写这样的千古绝句，让人过目不忘，永世铭记。长大以后，我知道顾炎武不仅仅只是流芳百世的文学家，还是著名的教育家、历史学家，甚至生意做得也很成功。但在老百姓心目中，最出名的还是他的这句话。也许这件事对我的印象太深了，把它写在这里，同样期望作者写出让人眼睛一亮、让后世记得住的好诗。

是为序。

目　录

物华篇

红　叶　/　3
蝉　/　4
蝉　蜕　/　5
蝉　殇　/　6
无名山花　/　7
野　菊　/　8
枯　荷　/　9
落　枫　/　10
枯　叶　/　11
雾　凇　/　12
珍珠泉春韵　/　13
春日海棠园　/　15
附：仲春德王府海棠园所感　马强（山东）　/　17
附：和成波先生春日海棠园　孙晓光　/　18

宋海棠 / 19
冬临珍珠泉 / 20
珍珠泉初冬 / 21
雾里珍珠泉 / 22
百脉泉群 / 23
明湖夕照 / 24
明湖花月夜 / 25
明湖新秋 / 26
鼎秀花海夜览 / 27
凤凰湖 / 28
仲夏千佛山 / 29
秋日佛慧山 / 30
开元寺遗存 / 31
藏龙洞 / 32
佛峪三章 / 34
夏日锦绣谷 / 36
清凉药乡 / 37
刁庄瀑布 / 38
千条沟 / 39
雪　野 / 41
潮音瀑 / 43
碧海方舟 / 44
望海宾馆 / 45

抱犊崮 / 46
驿县石榴园 / 47
掠燕湖春景 / 48
太湖秋夜 / 49
丽　江 / 50
香格里拉 / 51
黄　山 / 52
泉城元宵节 / 54
春　来 / 55
春　山 / 56
春　晓 / 57
日　丽 / 58
暴　雨 / 59
泉城雨雾 / 60
秋至喜雨 / 61
秋　趣 / 62
秋　问 / 63
立冬暴雪 / 64

感遇篇

竹　魂 / 67
莫笑我 / 68

元旦抒怀 / 69
羊年春节偶感 / 70
春日开怀 / 71
山中探春 / 72
赏春偶得 / 73
晨闻雁鸣 / 74
附：刘树元先生赠诗雅评 / 75
六一节趣闻 / 76
端阳感怀 / 77
雨后登山 / 78
祈 祷 / 79
秋 怀 / 80
秋 兴 / 81
中 秋 / 82
中 秋 / 83
孟 秋 / 84
附：杨利先生和诗 / 85
秋日偶得 / 86
秋 思 / 87
空谷探幽 / 88
高歌行 / 89
雪 问 / 90
雪夜吟 / 91

踏雪偶感 / 92
吟　寒 / 93
叹日照巨书 / 94
峡山感怀 / 95
天池遐想 / 96
观渝鄂景物咏怀 / 97
贺兰山怀古 / 98
题新疆友人秋色照 / 99
华侨吟 / 100
观潮偶感 / 102
耶稣山遇雨 / 103
雨中山上行 / 104
登山偶感 / 105
爱犬行山 / 106
大　梦 / 107
老　至 / 108
病后有记 / 109
怜取眼前莫等闲 / 110
宅　家 / 111
起　落 / 112
希　望 / 113
随　想 / 114
偶　得 / 115

宽　慰　/　116
海浪吟　/　117
梦　想　/　118
长　夜　/　119
梦易安　/　120
鹤影梦　/　121
遗　恨　/　122
姊妹花　/　123
赏《夜莺》　/　124
戏　谑　/　125
寄　怀　/　126
枕前抒怀　/　127
君莫忘　/　128
墙上芦苇之哀　/　129
母校外　/　130
毕业周年伤怀　/　131
生　活　/　132
昨　天　/　133
当做这样的人　/　135
面对你　/　136
静待花开　/　140

挚情篇

伟大的父亲 / 143
步韵酬春臻贤弟 / 144
附：庚子除夕前日花沟村拜九十四岁王延秀老仙翁
葛春臻 / 145
父 爱 / 146
家父千古 / 149
重阳伤怀 / 151
附：哭成波兄令尊大人驾鹤 葛春臻 / 152
慈 母 / 153
闻《一壶老酒》伤怀 / 154
姐啊，姐！ / 156
祭 祖 / 163
请你不要悲伤 / 164
悲 歌 / 166
母亲节即景 / 168
答挚友 / 169
依法治国班同窗壮别 / 170
醉酒吟歌 / 171
彩石聚会 / 172
高中记忆 / 173
再睹同学赠言感怀 / 174

附：杨利先生和诗 / 176
酬石松春臻先生 / 177
附：赠成波 石 松 / 178
附：微信赠成波兄 葛春臻 / 179
赠老友 / 180
题赠王定坤 / 181
思 念 / 182
锦 书 / 183
静夜思 / 184
先烈墓前 / 185
缅怀欧阳中石先生 / 186
悼朱文奇烈士 / 187
读马强兄祭文伤怀 / 188
哀故友 / 189
对 联 / 190

读同窗挚友王成波诗集书稿感怀 / 191

后 记 / 195

物華篇

红　叶

漫凭百卉争春艳，
甘立破岩凝翠烟。
寥落雁声霜满地，
丹霞染尽万重山。

蝉

临风颐浩气，
饮露作高歌。
不羡人间粟，
尘寰奈我何？

蝉蜕

午后游山，见树干底部所存蝉蜕，虽历经年，仍栩栩如生。蝉出土即蜕，蜕可入药。吟此诗以表敬意。

冲破地牢干戚功，
为主舍身唱大风。
绝命不绝浩然气，
留名只留杏林中。

注：

干戚，意为斧与盾。古代的两种兵器。

大风，刘邦建汉归乡时曾唱大风歌，表现了豪迈情怀和凌云气派。

杏林，三国时期名医董奉，治病不取钱财，使病愈者栽杏一至五株。数年后得杏十万，郁然成林。后人遂以杏林代指医界。

蝉　殇

晨起遛犬，遇蝉仰地，几欲翻身未成。犬戏之，余制止，并捡蝉抛空，让其飞走，不料却摔地上。天愈凉，蝉命休矣！

地下十余载，
风中无百天。
悲鸣贯生死，
谁遣降凡间！

无名山花

馨弱锦疏天命薄，
春来冬去自生灭。
不悲不喜不负怨，
随雨随风随处歌。

野　菊

枯草丛中点点黄，
萧瑟声外细细香。
谁人呵护谁人赏，
笑傲百花笑傲霜。

枯　荷

何处觅芳踪？
日暮水寒，
败叶残茎。
更休言碧无穷、别样红。

几时曾英雄？
尘面鬓霜，
野杖蓑翁。
只许待夜幕临、一笑空。

落　枫

秋雨霏霏不停，
凄冷的地上，
散落着片片火红的枫。
枫上，
舒展着
春的温暖，
夏的葱茏，
秋的从容，
还有命的规程。

枯 叶

枯叶一片上云天，
风伴霜随似鹤翩。
今世欣然化春泥，
来生依旧作秋丹。

雾　凇

冰花极顶凌寒开，
草木连天共雪白。
漫凭浓霾常蔽日，
乾坤自有正气来。

珍珠泉春韵

（一）

东风闲，

柳烟漫。

玑珠沸涌，

锦鲤渊潜。

春水微醉依微澜。

谁的泉，

下有清河接沧溟，

上无尘霾万里天。

（二）

煦风习习拂春面，
杨柳袅袅戏翠莲。
锦鲤安闲泉液下，
玉兰争艳百花前。
最怜狸奴痴鹭白，
却把槐乡作故园。
何日金樽醉明月，
诗心春色共烂漫。

注：

珍珠泉，系济南四大泉群之一。所在大院，始建于元初，历代均为山东最高衙府所在地，明代曾为德王府。院内还有濯缨湖、乾隆碑、浮玑亭、九曲桥、海棠园、巡抚大堂、唐代古槐、宋代白腊与海棠等。清代名臣丁宝桢、袁世凯担任巡抚时曾在此办公。院里古木参天，泉水四溢，胜迹颇多。元代建有白云楼，“白云雪霁”曾入列济南八景，惜已毁于战火。建于清康熙年间的巡抚大堂，金碧辉煌，巍峨庄严。珍珠泉内泉眼众多，泉水上涌时会形成串串珍珠般的景观。现为省人大常委会办公地，亦对公众开放。

春日海棠园

（一）

海棠花荫海棠园，
海棠园溢海棠泉。
无情泉水流日夜，
痴心花萼作春丹。

（二）

日丽风和馨古院，
轻红浅白起春烟。
海棠欲问当年事，
不语南丰待牡丹。

（三）

牡丹初绽海棠黯，
南丰无意话当年。
花落花开谁无尽，
新娇何必笑旧颜。

注：

海棠园，位于济南珍珠泉大院，系古典式二进院落。院内有一株海棠，相传为宋代齐州知府、文学家曾巩即南丰先生手植。另有牡丹百株和涌泉一处。

附：仲春德王府海棠园所感

马强（山东）

日丽风和水清浅，
满园海棠生春烟。
南丰先生今安在？
牡丹欲语还默然。

注：

马强，任职山东省卫健委，从事中医药科技教育管理工作，诗词爱好者。

附：和成波先生春日海棠园

孙晓光

春和景明海棠园，
花开花落逾千年。
南丰不识今人事，
拄杖俯首问牡丹。

注：

孙晓光，山东省卫健委退休干部。

宋海棠

杨柳风来着盛妆，
杏花雨歇满庭芳。
贵妃岁岁醉春梦，
骚客代代觅华章。

注：

宋海棠，位于济南珍珠泉大院海棠园内。另据记载，唐明皇登沉香亭，召杨贵妃。妃宿酒未醒，侍儿扶掖而至，醉颜残妆，钗横鬓乱。皇笑曰：“岂是妃子醉，海棠睡未足耳。”故海棠又名贵妃花。

冬临珍珠泉

有幸于珍珠泉大院办公，深为其优美自然景观和浓重历史文化所感染，曾作明朗快意小诗数首。今逢冬雨萧萧，夜来辗转难眠，此诗豁然涌出。余亦讶其凄然。

一霄苦雨严相逼，
万木摇落悲满地。
冥冥不息珍珠泪，
切切断续寒鸦泣。
宋腊唐槐余息尚，
雪霁白云何处觅？
多少故主身影远，
空遗抚堂尘霾里。

珍珠泉初冬

珍珠，
暖了烟云，
飞雪，
美了光阴。
画阁，
壮了天地，
落英，
醉了诗心。
冬，
仍如此美好，
况且，
不远处的春！

雾里珍珠泉

（一）

串串珍珠化霭烟，
隐隐亭台柳丝闲。
忽闻九曲仙人语，
疑是瑶池落世间。

（二）

长嗟无计蓬山远，
欲赋新诗梦二安。
何日借来生花笔，
晴光再咏吐玑篇。

注：

二安，指李易安、辛幼安，即李清照、辛弃疾。两位均为宋代著名词家，且都是济南人。

百脉泉群

廓外闻龙吟，
伏波腾墨云。
漾玑含佛光，
梅花竞芳芬。
易安去国远，
漱玉长思亲。
趵突名天下，
百脉动乾坤。

注：

百脉泉群，位于济南市东部章丘区李清照故里，日涌水量可达六十余万方，远超趵突泉。有墨泉、百脉泉、梅花泉、漱玉泉等诸多名泉，所在景区复有龙泉寺、清照园等著名人文景观。

明湖夕照

明湖春来早，
最美当夕照。
日月同辉映，
天地共静好。

明湖花月夜

水色霓光映锦莲，
柳姿桥影掩画船。
弦歌声外品泉涌，
超然月下忆华年。

明湖新秋

水色流霞入画图，
山光都影有还无。
临淄亭下话工部，
超然楼中忆大苏。

夕照晚，煦风疏。
四方游客忘归途。
一任画舫随鸥去，
翠柳依依醉芙蕖。

注：

临淄亭，即历下亭，位于大明湖的岛上。因唐代齐州（今济南）曾改为临淄郡，此亭当时亦称临淄亭。

工部，指杜甫。曾在临淄亭写下“海右此亭古，济南名士多”的诗句。

超然楼，居济南大明湖景区，系江北第一楼。始建于元代，后屡建屡毁，2008 年复建。

大苏，指苏轼。其在密州（今诸城）任知州时曾增修超然台并有诸多名篇诞生于此。

鼎秀花海夜览

紫潮浩浩涌东风，
花影娟娟舞月空。
香径夜阑人不定，
童话梦里意无穷。

注：

鼎秀花海，位于济南市龙鼎大道南端鼎秀家园西侧。

凤凰湖

龙鼎闻水喧，
探奇别有天。
虹跨蒹葭外，
童欢飞瀑前。
湖光鹤声悠，
山色綺云闲。
分明尘世外，
谁言闹市间？

注：

济南市龙鼎大道西侧有湖名曰凤凰，湖及上游水系均作精心打造，宜游宜乐，美不胜收。

仲夏千佛山

古树苍烟笼碧峦，
蝉吟鸟啭时和弦。
万千心事九霄外，
菩萨倏然至眼前。

秋日佛慧山

千佛山阳佛慧山，
苍翠烟含赤霞烟。
晨钟暮鼓来又远，
秋色春光去复还。

注：

佛慧山，位于济南市南郊千佛山之东南，山势雄伟，站在山顶之上满城风光可尽收眼底。绝壁上有宋代巨型石佛头像，山间有唐代开元寺遗址。每至深秋时节，均有大片红叶出现。

开元寺遗存

（一）

空谷危崖生碧泉，
卧云洞里好成仙。
千年古刹已圮尽，
毁迹斑斑不忍看。

（二）

长生泉外长生禅，
卧云洞里卧云闲。
静虚方觉松涛古，
悟德常教霞染天。

注：

济南市南郊佛慧山中有开元寺遗址，长生泉、卧云洞和部分石刻、禅房残垣犹存，复建有悟德斋、静虚亭、禅茶别院等。

藏龙涧

（一）

伉俪四双浆水泉，
画屏九叠藏龙涧。
野芳徐徐闻鸡雉，
翠岫绵绵接碧天。

烹云华，煮素面，
相机方歇纸牌欢。
山林高卧凡尘远，
四海风云任覆翻。

（二）

孟冬山中何趣？
危崖几度却步。
疏影清馨挽残红，
泉醉荻花深处。

烟霭半遮石屋，
松风时送笑语。
锦鸡松鼠偶相呼，
胜却繁华无数。

注：

藏龙涧，位于济南市郊东南，与浆水泉公园相接，原生态峡谷，相传大禹治水在此擒龙。

佛峪三章

佛峪之南

千载公孙凌碧落，
三清世界却红尘。
开皇宝鼎今犹在，
云锁香销不见人。

佛峪之美

禹王台上浮云榭，
千丈崖底沉碧泉。
林密山深光影暗，
摩崖朗照古佛前。

佛峪之憾

崖前古寺昔时毁，
涧底茅屋今日摧。
盛景一方裂军地，
满川秽物堪问谁？

注：

佛峪，位于济南市南郊矿村村北群山深处，林木葱郁，清泉淙淙，曾有隋文帝时所建古寺，现存隋唐摩崖刻佛、明清刻字、民国牌坊、禹王台和环翠亭等，景区由军队和地方分区管理。

矿村村内有始建于隋朝的白云观。院内现有1300多年的雌雄异株银杏树，亦有三清殿、钟鼓楼和明清20余石碑遗存，是省级重点文物保护单位。尚未对外开放。

夏日锦绣谷

松间过云影，
翠微梦潭青。
寒溪漾天光，
赤麟戏古龙。
偶遇石喧水，
时闻蝉鸣空。
避暑临东海，
何如秀谷行。

注：

锦绣谷，位于泰山山脉济南药乡国家森林公园南麓。谷中有国家地理标志产品泰山赤鳞鱼。溪石上有恐龙、奔马等华丽石纹。

清凉药乡

都市化热岛，
尘嚣汗难消。
驱车岱岳北，
来享药乡妙。
石涧寒肌肤，
茂林比云霄。
帐房童稚嘻，
树床丁壮摇。
田家野味美，
宾朋兴致高。
未觉夕阳红，
忽闻蝉声噪。

注：

药乡，即济南药乡森林公园。

刁庄瀑布

车走云烟里，
忽听滚雷声。
山根横飞瀑，
白浪卷啸风。
彩浸桃花锦，
声夺灵岩钟。
欲逐岱宗水，
忘身沧溟中。

注：

刁庄瀑布，位于济南市长清区泰山北麓桃花峪与灵岩寺之间。虽不见经传，天降大雨后却雄壮威武。

千条沟

（一）

九曲百里山中山，
千岫万涧园外园。
南依泰沂接天风，
北视长河汇海澜。

长城圮，角声远，
南天门上雨绵绵。
桓庄诸公今安在？
几多沧海已桑田。

（二）

森森古木恋苍烟，
碧草黄花逐水喧。
万顷栗香绕农舍，
一曲牧歌上云天。
长城残壁夕阳下，
山廓新装翠峰前。
耄耋童颜飞笑语，
岩泉流出大丰年。

注：

千条沟风景区，位于济南市南部，毗邻泰安，因有沟涧上千条而得名。此地有春秋时期的齐长城和南天门山等著名景点。

桓庄，指春秋时期的齐桓公、鲁庄公，二人在位时两国曾多次交战。

雪　野

（一）

岑岭飞腾拥碧蓝，
画舫划破水中天。
三五白鹭来渔猎，
一行仙人入云端。
彩路似练波共舞，
玉楼如棋山相间。
冲天香阵秦椒熟，
千年梦回桃花源。

（二）

太公惊艳命雪野，
曹刿破齐三而竭。
孟姜恸哭长城塌，
吕岩结草甘泉冽。
铜铁冶炼薛家火，
国共争锋仙洲灭。
谁遗黛鞍灵湖边，
碧波长吟英雄歌。

注：

雪野，位于济南市莱芜区。此地的雪野湖已开发为旅游航空胜地，有直升机旅游项目。盛产花椒。北侧最高峰为马鞍山。此处历史典故、传说颇多。相传姜太公路过时，惊叹群山拥雪之壮美，赐名雪野。春秋时期著名军事理论家曹刿，曾协助鲁庄公在附近的长勺之战中大败齐军。孟姜女哭长城的故事，据说发生在雪野的齐长城锦阳关。吕岩即吕洞宾亦在雪野修道成仙。他曾向吕祖泉村一盲人老妇讨水喝，盲人老妇将救命水慷慨相赠，后受吕洞宾点化找到清泉，至今仍在。又传唐朝大将薛丁山的侄子行军至雪野时病倒，后在此铸铜炼铁，甚是有名。莱芜战役中，国民党李仙洲集团六万部队全军覆没，李仙洲被俘。

潮音瀑

白练千寻折锦屏，
靛缸染梦涌潮声。
海风轻送太清雨，
赏瀑品茗仙界中。

注：

潮音瀑，位于青岛市崂山北九水风景区，从岩石开裂处三折泻下，注入幽深靛蓝的靛缸湾，因声如潮涌而得名，与南麓的太清宫隔山相望。

碧海方舟

万顷波涛拥鹤梦，
一帘山色酝仙风。
春茗墨韵斗芳酒，
篱菊诗书醉钓翁。

注：

碧海方舟系青岛西海岸一新建康养场所，临海傍山，设施齐全。应邀前来参观，特吟此诗以示贺。

望海宾馆

烟笼翠岫和风绕，
水浸碧天入沧渺。
朝看征帆镕旭日，
暮听松涛唤归潮。

注：

望海宾馆，位于烟台市东郊，背靠青山，面向大海，环境优美。20 世纪 90 年代笔者曾多次入住，遂得此诗。

抱犊崮

万仞平顶山，
拔地入霄汉。
雄视周四国，
号令峰八千。
抱犊耕云雨，
掘地涌甘泉。
东望沧溟水，
俯首三清观。
袭车惊寰宇，
抗战立标杆。
今来修道处，
枫叶处处丹。

注：

抱犊崮居鲁南七十二崮之首，周围约有山头八九千个。西周时期附近有鲁、滕、莒、薛等封国。山势突兀，巍峨壮丽，林藤茂密，绝壁难攀。顶上有天台、望海石、天福井，山间有桃源洞、罗汉像，脚下有清华寺、三清观、会仙亭。相传一老农抱牛犊上山顶，待长大后帮其耕田，固得其名。民国时曾发生土匪拦截火车、劫持上百名中外旅客、震惊世界的大案。抗战时期罗荣桓曾在此率部坚持抗击日寇。

驿县石榴园

山光空蒙新雨后，
老树丛中泉水流。
万顷榴花红胜火，
争春喜鹊闹枝头。

掠燕湖春景

迎春一笑淑气来，
翠柳万千任君裁。
黄发垂髫辄忘返，
湖光燕影共徘徊。

注：掠燕湖，位于中央党校园内，湖边有成排的迎春花和杨柳树。

太湖秋夜

元渚仙山西风，
渔火新月云踪。
难辨黄柳青竹，
但闻人语涛声。

丽　江

山水织彩梦，
百里叠千重。
谁言天河美，
未睹丽江容。

香格里拉

碧水恋翠烟，
白云游高天。
雪带八面绕，
杜鹃红九川。
甸阔水草盛，
牛静牧人闲。
日月同生处，
世外真桃源。

黄　山

乘车上黄山，一路细雨蒙蒙。及至山顶，顿时雨霁云开。由此得诗两首。

（一）

千回百折未见峰，
定睛难觅几棵松。
不远千里来寻梦，
梦却锁在烟雨中。
身心俱疲生嗔意，
转念黄山非无情。
芳容未现齐鲁客，
只缘泰山霸天东。

（二）

峰奇无处不神工，
松劲绝崖愈峥嵘。
云烟曼妙舞灵空，
溪流欢歌逐客影。
一步一景一啧叹，
如画如诗如梦中。
日月如非巧饰掩，
黄山早筑玉皇宫。

泉城元宵节

东风明月夜，
灯火浸泉光。
花焰三千尺，
不及春意长。

春　来

归雁入霞天，
鱼凫下碧潭。
山雪销未尽，
湖柳溢金烟。

春　山

莺啼蝶舞闹空山，
万仞悬崖荡翠烟。
云影天光溪上过，
武陵渔夫入洞天。

注：

武陵渔夫，陶渊明《桃花源记》中的主人翁。

春 晓

一夜东风起，
晴空万里新。
沉眠不觉晓，
笑醒梦中人。

日　丽

雾霾接沙尘，
天地复昏昏。
凄风挟苦雨，
华英落纷纷。
晚醉一壶酒，
朝醒万象新。
花艳压枝低，
青翠吐芳芬。
蜂蝶舞暖阳，
百灵歌翠阴。
宇宙行大道，
清气满乾坤。

暴　雨

遮天蔽日地生烟，
不见鸟啼不噪蝉。
看尔淫威能几日？
云开万里又晴天。

泉城雨霁

天降甘霖清晓收，
湖光山色竞风流。
轻风欲得佳人意，
唤出虹霓上翠岫。

秋至喜雨

炎炎酷暑炙苍穹，
黍稷池鱼半死终。
夙夜天公送甘雨，
四时往复古今同。

秋趣

好雨无声润晚秋，
鹊华彩染秀峰头。
历阳柿若金灯照，
惹得流莺去复留。

注：

鹊华，指济南北部的鹊山、华山。

历阳，千佛山古称历山，此即千佛山之南。

秋　问

济南系城在山中，山在城里。时逢深秋，山上出现片片红叶，爬到树上的藤蔓亦成红色，宛若一幅壮美油画。

秋露，
醉了红枫，
还是青松？

秋韵，
染了山川，
还是家园？

秋阳，
暖了乾坤，
还是人间？

秋风，
洗了蓝天，
还是心田？

立冬暴雪

飞雪千山劫晚红，
秋光一夜坠冬宫。
万家暖醉新醅酒，
杞人幽忧卖炭翁。

感遇篇

竹　魂

风摧残，
雨摧残，
挺然相斗色愈酣，
雄魂泣苍天。

山路难，
水路难，
逆风登程气宇轩，
壮心惊尘寰。

莫笑我

乡僻家贫大饥荒，
生来幸未弃乱冈。
五岁放牛羊，
糠菜半年粮。

发奋不惜力，
逢时得先机。
陪餐遭贬谪，
世人莫笑我。

元旦抒怀

（一）

元旦复元旦，
苍颜愈苍颜。
人生驹过隙，
得失似云烟。

（二）

吾辈何德能，
品茗享悠然。
多少劳作者，
犹忧饥和寒。

羊年春节偶感

骏马有羁羊当先，
霜鬓何堪岁月残。
身老沧州又一载，
空悲天地泪潸然。

春日开怀

本是草根生，
无官身更轻。
品茗赏华发，
把酒笑东风。

山中探春

阴翳蔽日气犹寒，
桃李山深花影浅。
愁眼怨冬还瑟瑟，
欢心赏春正姗姗。

赏春偶得

寻春四月天，
花海撩人间。
风雨总关情，
盛衰等闲看。

晨闻雁鸣

酒酣梦易成，
眠少天难明。
独怜柳含翠，
忽闻雁鸣空。
迢迢千万里，
岁岁南北征。
列阵渺星汉，
协力共鹏程。
相爱生死许，
千古雁丘情。
寥落引愁去，
北归唤春行。
大道化万物，
万物皆有灵。
鸿雁亦高贵，
慈悲度众生。

注：

雁丘，金末元初文学家元好问赴并州赶考途中，得知猎人捕杀一雁，已逃的另一只却哀鸣不去，坠地自杀。元好问感动，买下此对大雁，葬在汾水岸边，堆石为记，名为雁丘，并写下了千古绝唱雁丘词。

附：刘树元先生赠诗雅评

晨雁扰春梦，
农夫发诗情。
信口佳句出，
大作七步成。

注：

刘树元，山东省法学会专职副会长兼秘书长。本人的号为琅琊农夫。感谢刘树元先生鼓励，愧不敢当。

六一节趣闻

老翁结队戴红兜，
跳返孩提未识愁。
稚子登台欲出演，
倏然急尿向天流。

端阳感怀

错直举枉邪，
死秦家国灭。
空怀安邦策，
持节殒汨罗。
君聩忠臣烈，
万古一悲歌。
精魂可安在，
吟骚必先咽。
悲歌复悲歌，
故国何其多！
三闾出学堂，
申遗意欲何！
万家粽艾香，
几人知忧国？

雨后登山

野芳滴新翠，
林光透清凉。
白云任卷舒，
蝉声竞短长。

祈　祷

月明大暑更风清，
歌舞声休蛙复鸣。
河北河南千载雨，
杞人一夜祷苍生。

秋 怀

千里清风入我怀，
红尘万丈任布排。
天地俯仰无愧怍，
春秋冷暖花自开。

秋　兴

一翁一犬一藜杖，
青溪青林青山上。
羞陪落日赏绮霞，
甘伴秋蝉吟悲凉。

中　秋

（戊戌篇）

黄河落日溢清寒，
泰岱绮霞缀暮天。
四海今宵共明月，
为谁阴缺为谁圆？

中　秋

（己亥篇）

纷纷扰扰拥衢车，
月缺月圆云影遮。
几家欢声漾琼浆，
谁人怅望泪婆娑？

孟 秋

疏雨蒙蒙锁远山，
蛩声阵阵替鸣蝉。
无言秋霭盈天地，
盛夏狂飙能几番？

附：杨利先生和诗

空山新雨光阴冉，
鸣蝉声声惜天短。
天地匆匆都是客，
几番满山红烂漫？

注：

杨利，山东省人大常委会办公厅一级巡视员，立法工作专家。

秋日偶得

金风染物华，
诗情上碧霄。
一饮三百杯，
醉卧梦春朝。

秋 思

一腔衷情无处诉，
满腹疑云谁人释。
我欲问天何聩聩，
漫凭西风卷万里。

空谷探幽

名刹犹遗残垣影，
古道难闻马嘶声。
秋水清浅浸石径，
林鸟喧嚣伶嘈鸣。
禅心门里入禅心，
放生池中无放生。
当年空谷不复空，
古今多少破碎梦。

注：

济南南郊佛慧山中有开元寺遗址，其下为深谷，有千年古道遗存、入禅心门、放生池等景致，古代系济南至泰安之要道。

高歌行

苍凉冬雨里，
凄厉野荒中。
满目尽萧索，
我自高歌行。

雪　问

一夕飞来喜欲狂，
万家摄影赋诗忙。
曾经岁岁寻常事，
何以年年不寻常？

雪夜吟

情随飞雪满天舞，
酒入愁肠点滴苦。
一剪痴梅吐暗香，
危楼百尺冷如故。

踏雪偶感

飞雪驱霾翳，
晴光闻鹊喜。
极寒始冬残，
试看春潮急。

吟　寒

朔风嚣地天，
大雪压宇寰。
泰山冰千丈，
高松愈凛然。
千锤锻未盈，
怎得龙泉锋？
莫恋温室惬，
慨然风雪中。

叹日照巨书

千钧椽笔重，
巨擘演苍雄。
日焕鬼神泣，
照临风雨穷。
八荒独伟岸，
万古永横空。
世上存奇迹，
河山峙天东。

注：

巨书“日照”，刻在日照市东部群山之首的河山顶峰绝壁之上，“照”字的一个大点可容纳十余人，是汉字摩崖石刻之最，载入世界吉尼斯大全。两字为著名书法家孙鑫先生所书，按一比一比例刻石，雄伟壮阔，绮丽苍茫，令人叹为观止。今挥汗攀援，得以近瞻。记此慨叹，聊表对故友孙鑫之悼念。

峡山感怀

遥看北海渺征帆，
回首秋湖涌碧蓝。
玉帝登基犹演练，
何如诚意洞中仙。

注：

峡山，在潍坊市峡山湖西北处。据说玉皇大帝登基前曾进行演练，后人在此建了演驾宫。山上还有一洞，相传明朝开国军师刘伯温（封诚意伯）曾在这里隐居并得道成仙。

天池遐想

潜龙一跃出天池，
直上云霄三万里。
日月星辰重布排，
五湖四海长和颐。

观渝鄂景物咏怀

近日赴重庆、湖北考察。两地自古即是兵家必争之地，且有长江与三峡大坝在此。睹物思古，感慨万千，遂成此诗。

万里风云逐水流，
江山千古使人愁。
谁人挥手覆天地，
几度沧桑是尽头？

贺兰山怀古

滚滚胡沙高天暗，
岌岌汉关鼓角酽。
血染暮云旌旗乱。
贺兰健，
屹立千载护佑汉。

收拾河套江南现，
修筑城堑里程万。
柱国大将凌烟灿。
蒙恬憾，
谁教愚忠空悲叹。

注：

贺兰山，位于宁夏与内蒙交界处，南北长220公里，黄河与之相伴，是草原与荒漠的分界线，亦是古代汉民族的战略屏障，几乎一直处于承领战争状态中。

蒙恬，山东蒙阴人，秦国名将。曾大败齐军；北逐戎狄，收复贺兰山下河套地区，并开垦戍边，使之后来成为塞北江南；修筑长城，绵延一万余里。遭陷害，被秦二世矫诏赐死。拥30万大军而不辨真伪束手就擒，死后秦朝亦迅速灭亡。

题新疆友人秋色照

高天廖阔雁征霜，
黄绿赤橙染大荒。
万里河山入我梦，
千古离骚共谁唱？

华侨吟

近日赴广东、海南考察侨务，为近代侨胞的辛酸史、创业史、奉献史深深感动。谨以此作聊表敬意。

（一）

万千牵挂入行囊，
未起客帆已断肠。
沧海茫茫无限恨，
乳儿嗷嗷待汤粮。

（二）

一腔血泪淘金奴，
两条铁蛇吞尸骨。
三刀有声无昼夜，
四时不息除荒芜。

（三）

共和创建树奇勋，
抗敌报国忘我身。
度尽劫波终不改，
复兴桑梓赤诚心。

注：

当年华侨出国主要靠当淘金工、修铁路、干农活和从事低档服务业生存，做出巨大牺牲。

三刀，指菜刀、剪刀、剃刀，当年部分侨胞靠此谋生。

观潮偶感

百里金沙涌雪阵，
万顷波涛伴龙吟。
荡尽尘埃天地青，
大潮雄起日月新。

注：

作于澳大利亚黄金海岸。

耶稣山遇雨

辗转耶稣山，
基督锁云烟。
圣雨洗凡尘，
随缘即神仙。

注：

耶稣山，位于巴西里约热内卢市，山上有一巨型耶稣基督像，重超一千吨，为纪念巴西独立运动成功而建，是里约热内卢的象征。

雨中山上行

山高人无踪，
林密蝉幽鸣。
何惧风雨急，
回眸夕照明。

登山偶感

孤影向山林，
热汗透衣襟。
蝉噪林愈寂，
蝶梦犹扰魂。
方喜满目翠，
又见翻墨云。
世上千般愁，
人生万古辛。

注：

蝶梦，庄子梦见自己成为蝴蝶，情景真实。最后他不能确定是自己变成了蝴蝶，还是蝴蝶变成了自己。

爱犬行山

（一）

一跃入山林，
瞬间无处寻。
鸟惊冲天起，
兔遁地生尘。

（二）

企盼殷殷进野山，
昂头一啸震千川。
鸟飞蝶舞忘情戏，
泉清石白细探看。
遇驴友，愈撒欢。
雄姿速霸朋友圈。
归来独自下山早，
静待主人卧路边。

大　梦

帘外垂暮雪，
杯里上孤烟。
当年气如虎，
如今弄花闲。
寰球似尘粒，
宇宙茫无边。
浊酒一壶尽，
大梦六十年。

老　至

胸中豪气在，
镜里玄鬓衰。
少年莫入梦，
醒来徒生哀。
时序虽难改，
三冬梅犹开。
狂歌醉五柳，
扁舟上蓬莱。

注：

五柳，东晋著名文学家、田园诗派创始人陶渊明的住宅旁植有五棵柳树，并自称“五柳先生”。

蓬莱，神话中海上三座仙山之一，另两座为方丈、瀛洲。

病后有记

日日万步行，
餐餐控嘌呤。
常服降酸药，
奈何忽痛风。
自信风过水，
跛足续沪程。
再日夜难寐，
青肿欲蛙鸣。
轮椅送医治，
卧床盯吊瓶。
酸降诱病发，
过速致失衡。
有恙莫自负，
无悔看郎中。

注：

笔者尿酸高于正常值已十载，未见症状。近期未经医生许可，即预防性服用降酸药，不料在上海突发痛风，又未及时就医，致病情加重。山东省立医院诊断，痛风系尿酸降得过低所致。今虽痊愈出院，但教训需要吸取。

怜取眼前莫等闲

春节回农村老家，听到遇到数件意外之事。感慨系之，遂成此诗。

贫弱耄耋犹康健，
富壮盛年竟归天。
除夕把酒阖家乐，
元日苦度鬼门关。
晓雾深锁万物面，
晚风轻拂千重山。
世事变幻在瞬息，
怜取眼前莫等闲。

宅　家

疠疫惊华夏，
避瘟宅自家。
云低开老酒，
月缺就新茶。
老生无一用，
隔岸观拼杀。
多少好儿女，
舍身向海涯。

起　落

人生如逆旅，
起落奈如何。
我有一壶酒，
与谁共醉歌？

希　望

——为王宪沙漠摄影题

驼铃声声，
从没有记忆的远古走来。
黄沙万里，
也难将这一抹翠绿掩埋。
生命，
就是这样的顽强不息！
希望，
在无边的绝望里依然长在！

注：

王宪，曾任山东省委农村工作领导小组办公室副主任、一级巡视员，信息工作专家，摄影爱好者。

随　想

几度夕阳恋青山，
多少霸主成云烟。
昭昭天道能欺否？
何必悲歌易水寒。

偶　得

国运兴衰千古事，
明世来回一念间。
春满乾坤自有时，
东风浩荡岂能拦？

宽　慰

碧绿无穷荷韵清，
水中仙子别样红。
从来高曲寡和者，
几人冰心与君同？

海浪吟

万险千难天外来，
为求自由血花开。
世世代代无穷已，
敢问苍天或可哀？

梦　想

纵然霾气万千重，
君在胸中万里澄。
我将痴情伴寒鹊，
雨凄风苦暖阳红。

长　夜

黑云遮断婵娟梦，
孤鸿寂寞沙洲冷。
衣带渐宽愁无尽，
永夜独听秋虫声。

梦易安

才情越千年，
芙蓉羞玉颜。
静娴花照水，
雄辩浪滔天。

注：

易安，即易安居士，宋代著名词人李清照的雅号。

鹤影梦

鹤来秀仙影，
暗夜飞彩虹。
我欲乘风追，
又恐黄粱醒。

遗恨

凌波微步傲苍穹，
玉面含春暖岁冬。
效颦欲奏相如曲，
遗恨绵绵断肠空。

姊妹花

两位女士酷似姐妹且均有文采，赋诗以表贺意。

桃李春风斗芳菲，
梅竹飞雪傲寒岁。
仪态万方二乔羞，
千古文章易安醉。

赏《夜莺》

拙拙门外汉，
细细品数遍。
琴韵沁肺腑，
泪花迷双眼。

注：
夜莺，一首怅惋的乐曲。

戏　谑

仲秋月方圆，
西湖酒愈酣。
一朝与君识，
夜夜恨无眠。

寄 怀

雄气堂堂贯斗牛，
誓将此生效神州。
浮沉身世何堪患，
热血春秋傲王侯。

枕前抒怀

北陆萧萧风来急，
夜色沉沉锁天地。
青春热血寒难凝，
胸有北斗不岐迷。
欲经沧海岂畏水，
未斗熊罴何胆识？
莫叹欲济无舟楫，
奋勇酬我鸿鹄志。

君莫忘

——写给自己

读破万卷汲精髓，
注重诘问识真伪。
勤苦习练贯始终，
谦和待人勿亢卑。
遇事行前常三思，
勇于担当莫追悔。
大言不语守缄默，
言信行果重口碑。

墙上芦苇之哀

漫天风雪漫天愁，
徒与松筠竞风流。
可叹植墙根底浅，
腰难挺直志难酬。

母校外

母校外等候公交车，一年前不愿留校之事又上心头，口占此诗。

候车母校外，
旧事萦心怀。
遭弃怨难已，
受责郁犹在。
水激石则鸣，
人激志更宏。
不畏云苍茫，
为民做大鹏。

毕业周年伤怀

蝉，
休使悲声林外传。
何时令？
无言已怆然！

惭，
同侪发愤著先鞭。
无寸功，
怎不叹长天！

生　活

我乐，
您嗔我稚拙。
我忧，
您怪我懦弱。
我只好：
将愁云，
化作明月；
将春容，
换为秋色。
漫凭着，
无情的神情，
默默地，
向您求索……

昨　天

英勇奋斗的人，
笑对着无愧的昨天。
好高骛远的人，
悲哀地叹息着昨天。
夜郎自大的人，
到处炫耀着昨天。
安于现状的人，
自满地回味着昨天。
苟且偷生的人，
分不清哪是今天哪是昨天……

岁首，
多少人，
向着新的天地，
竖起了鸿鹄大志，
立下了钢铁誓言。

岁末，

多少人，

在时间老人面前，

追悔、哀叹……

当做这样的人

在曲折坎坷的道路上，
永不停止行进。
在暗潮汹涌的大海里，
始终将舵把稳。
受到挫折时不气馁，
受到挑衅时能隐忍。
不做哗众取宠之事，
不做损人利己之人。
勿因乱象纷纭而迷茫，
勿因个人得失而忧愤。
尽管有时乌云滚滚，
尽管有时雨雪纷纷。
坚信太阳终会光耀天空，
坚信大地终会繁花似锦。
在奋进中练就火眼金睛，
在奋进中铸造铁骨钢筋。
踏踏实实走完无悔人生，
忠心耿耿奉献碧血丹心！

面对你

——为纪念共青团诞生61周年而作

面对你——
鲜艳火红的团旗！
胸中充满了豪迈的激情，
万顷波涛在心头涌起。
你的每一根纤维，
无不留有革命青年殷红的血渍。
你的每一条布纹，
都是一部革命青年英勇奋斗的史诗！

面对你，
我们看到了——
五四青年，
愤怒地走上街头，
高擎起反帝反封建的大旗……

看到了——
年轻的勇士，
从四·一二大屠杀的血泊中爬起来，
拿起刀枪奋力开辟着革命根据地……

看到了——
抗日的健儿，
迎着敌人呼啸的弹雨冲锋，
直至流尽青春热血的最后一滴……

看到了——
瘦骨嶙峋的年轻爱侣，
作为向蒋家王朝投掷的炸弹，
在刑场上举行着革命的婚礼……

看到了——
朝气勃勃的新一代，
在战争的废墟上，
用辛勤的汗水浇灌着丰收的果实……

看到了——
团员青年们，
在社会主义建设的大潮中正在冲锋突击……

你紧伴着党旗，
飘扬了半个多世纪。
祖国的山山水水
分外充满了生机。

请你相信，
我们同前辈一样有抱负，
我们同前辈一样有志气！
我们一定艰苦奋斗，
我们一定努力学习！
我们一定不为生活琐事所困扰，
我们一定不为道路上的障碍所阻止！
伟大的理想一定能实现，
宏伟的蓝图一定会变成现实！
待到那二〇〇〇年，

待到那四化实现之日，
你，
鲜红的团旗，
一定会更加绚丽！

静待花开

——听中共十一届三中全会公报有感

东风徐徐吹，
阳光煦煦照。
何故花未开，
余寒尚未了。
盼花情意真，
沉着毋心躁。
春雨正孕苞，
静待时令到。

挚情篇

伟大的父亲

——献给父亲九十三华诞

双肩瘦小担日月，
胸怀博大容海山。
千辛万苦育儿女，
竭力尽心孝长贤。
炮火连天支前线，
虚报浮夸拒为官。
种田技高粮多产，
营家精细度暑寒。
悉心照料瘫痪母，
八秩十载感地天。
亘古天道仁者寿，
四世同堂赏云闲。

步韵酬春臻贤弟

远村迎嘉客，
承恩万象新。
戮力解难急，
倾心除地贫。
高堂享耄耋，
众亲共护春。
风雨无限路，
管鲍能几人？

后记：春节前夕，数位老友或结伴或独行，驱车百里至偏远山区看望家父，令人感动。今闻葛春臻先生有大作问世，特步韵一首，同请亲朋鉴赏。诸位几十年来对村里对家人关爱有加，情深谊厚。家母92岁仙逝，家父94岁尚可自理。内心深处深深感激这些老友，深深感念这份真情！

注：

管鲍，即管仲、鲍叔牙，均为春秋时齐国人，他们情同手足，共助齐桓公成就了霸业。管鲍之交被称为千古佳话。

春臻，即葛春臻，青岛西海岸新区六汪人，法律工作者，诗词爱好者，辑注有《琅琊台诗存》《石门寺诗留》。

附：庚子除夕前日花沟村拜九十四岁王延秀老仙翁

葛春臻

谆朴云村落，
年来一色新。
独惊庭院改，
遥忆米粮贫。
健影犹相识，
虬髯不记春。
悠悠天际月，
还照老农人。

父　爱

今天父亲节，想起父亲抚育儿女的艰辛，不禁潸然泪下。谨以此诗献给敬爱的老父亲以及天下所有的父亲们。

父爱是什么？
父爱是父亲
　为我们姐弟少点饥饿寒冷
　　起早贪黑的身影……

父爱是什么？
父爱是父亲
　夜里背着生病的我
　　走十几里山路去医院时的喘息声……

父爱是什么？
父爱是父亲
　因贫穷不识字而期盼子女
　　好好念书的热切心情……

父爱是什么？
父爱是父亲
　教导我们冻死迎风站饿死不弯腰
　　时的神圣面容……

父爱是什么？
父爱是父亲
　以七八十高龄十年如一日
　　悉心照料瘫痪在床老母亲给人的感动……

父爱是什么？
父爱是父亲
　知足常乐不干预子女生活的
　　那份大度宽宏……

父爱是什么？
父爱是父亲
　急公好义乐善好施
　　在四邻八乡赢得的名声……

父爱是什么？

父爱是父亲

听不见我在说什么

仍然从电话那头传来的

已不爽朗的笑声……

家父千古

10月16日晨，家父安然去世，享年九十有四。下午灵车离去，上天突降雷雨。先父在世时，承蒙亲朋多方关照，在此谨表谢忱！

（一）

海上生红日，
仙翁驾鹤西。
寿高德更高，
人泣天亦泣。

（二）

辛劳筋骨壮，
为善福报长。
众人常添柴，
生命火愈旺。

（三）

人间多纷扰，
天国总静好。
椿萱欣重逢，
宇宙永不老。

注：

椿萱，椿是多年生乔木，传说大椿长寿；萱是草本植物，传说可以使母亲免得因惦念外出的游子而忧愁，常以椿萱代称父母。

重阳伤怀

——兼和春臻贤弟悼家父诗

今岁又重阳，
凄然泪两行。
慈父亦作古，
世上无高堂。
临终未陪伴，
痛悔欲断肠。
采的满山红，
聊作几炷香。

附：哭成波兄令尊大人驾鹤

葛春臻

何处骄杨下翠薇，
惊鸿哀唤祖容归。
悲声难挽流芳住，
哭咽相随驾鹤飞。
东海花沟留昨梦，
西风别路失庭衣。
与君恸洒平生泪，
胶水无情落日晖。

慈　母

老母2012年春天仙逝。每每想起老人家，总会泪流满面，不能自已。今天忆及几个侧面，录此以作悼念。

身体虚弱浮肿，
起早贪黑劳动。
自家糠菜难饱，
尚赠瓢粮济穷。
四邻谁家吵闹，
必见劝和身影。
儿女在外被欺，
回家反受批评。
病疼如影随形，
牙关咬破无声。
善良勤劳坚韧，
胜过多少英雄！

闻《一壶老酒》伤怀

——献给天上的老母亲

老酒未入口，
热泪已横流。
慈母现清影，
百味上心头。
忍饥两腿肿，
多病双眉皱。
劳作无昼夜，
愁苦熬春秋。
儿大辞家远，
岁聚多挽留。
三五日当别，
挥手泪盈眸。
晚年残髋骨，
卧床无止休。
聋甚难闻语，

疼极自诅咒。

平生多风雨，

几度少烦忧。

祈愿天下母，

从今春意稠。

注：

《一壶老酒》是一首歌颂母爱的动听歌曲。今天母亲节，朋友发来，听了首句已泪流满面，情不自已。

姐啊，姐！

姐啊，姐！
你已走了一个多月，
可弟弟每每想起，
还是泪眼婆娑，
无语凝噎！
难道，
在去天国的路上，
对喘不过气来的尘世，
你还难以割舍？

姐啊，姐！
弟弟永远都记着：
咱娘有病家里穷，
咱爹一个劳力难处多。
为了两个弟弟，
成绩优异的你，
毅然辍学！

姐啊，姐！
弟弟永远都记着：
到生产队干活，
总是把家里的篮子背着。
当一个个饥饿疲惫的身影回家了，
你还要拾草剜菜，
中午傍晚都不舍得歇一歇！

姐啊，姐！
弟弟永远都记着：
八里外的村庄放电影，
六岁的我缠着去了。
回来的时候，
你只能将熟睡的弟弟背在身上，
在黑夜的山路上，
艰难地跋涉！

姐啊，姐！
弟弟永远都记着：

一再要随你赶集卖兔子，
暗中想吃个白面馍。
当兔子卖了日头西斜，
我老喊肚子饿，
想吃馍馍又不敢说，
一毛钱一个你也不舍得。
只好一边挑着两个篮子，
一边背着哭闹的我，
翻山越岭，
走走歇歇！

姐啊，姐！
弟弟永远都记着：
辛辛苦苦一年，
队里终于分配了。
爹给你五元钱，
如获至宝随身携带，
一直不肯买什么。
有次村外洗衣后，

钱就怎么也寻找无着落。
你痛苦不堪，
哭了一夜！

姐啊，姐！
弟弟永远都记着：
吃槐花吃桑叶吃梧桐叶，
你都有笑有说，
不让咱娘太难过。
偶尔有点玉米地瓜面饼子，
总是让给爹，
让给哥，
让给我！

姐啊，姐！
弟弟永远都记着：
十一个月的女儿得了脑膜炎，
误诊造成植物人恶果。
多少人好言相劝：

该放手时就放手吧！
你却一边嘴对嘴喂饭喂水，
时不时擦屎擦尿，
一边养猪种地干活。
日复一日，
月复一月。
二十八个春夏秋冬啊，
流干了泪水，
耗尽了心血！

姐啊，姐！
弟弟永远都记着：
多少苦难你自己扛，
多少委屈你从不说！
身体累垮过，
喝药自杀过。
只要外人见到你，
总是满脸的笑靥！

姐啊，姐！
受尽了苦痛，
没斗过病魔。
老爹不说心里多难过，
只是一下子苍老了许多！
瘫痪炕上的九旬老娘，
还一遍一遍地唠叨你：
好了没有，
怎么不来看我？

姐啊，姐！
你走时，
哥一家去了，
亲戚们去了，
你弟妹千里迢迢都去了。
小侄子也抽泣着要回老家为你尽孝，
尽管他在外省上学。
日后还边哭边安慰我：
大姑入土为安了，

我们可要好好的，
为了她对我们爱得那么挚热！

姐啊，姐！
听一次弟弟的劝：
千万不要像过去，
顾及得太多太多！
放心地去吧，
开始新的生活！
多少年之后，
弟弟一定来陪你，
我的好姐姐！
我的好姐姐！

注：

2010 年端午节回老家祭奠王成彩大姐，在返回济南路上和泪而成。

祭　祖

白雪皑皑正大年，
爆竹声声盖山川。
美酒珍馐敬先祖，
殷殷烟火送银钱。

请你不要悲伤

——写给所有亲人们

如果我永远走了，
请你不要悲伤。
那只是一次远行，
不是死亡……

如果我永远走了，
请你不要悲伤。
那只是一轮碟变，
不是死亡……

如果我永远走了，
请你不要悲伤。
那只是一番解脱，
不是死亡……

如果我永远走了，
请你不要悲伤。
那只是一种永恒，
不是死亡……

如果我永远走了，
请你不要悲伤。
来生来世，
我们还会相守相望……

悲　歌

少时吟咏陆放翁钗头凤，不胜悲切。今造访词诞生地绍兴沈园，欲将悲情了却。熟料心痛难已，夜不成寐，遂挑灯而作。

方少年，
肠欲断，
从此撷英不忍看。
黄縢浊，
秋千怯。
长恨风恶，
易哀花落。
寞，寞，寞。

诗壁残，
鹤声怨，
伤心桥上秋风乱。
难忘却，

痛胜昨。

天地未合，

悲歌怎歇？

拙，拙，拙。

注：

钗头凤词牌本名撷英。沈园内现存有题词壁、孤鹤轩、伤心桥等。

母亲节即景

今日母亲节，夫人突然接到电话，称有花送到楼下。取回方知是在美国工作的儿子王策送给妈妈的。随后拨通儿子电话，父子一番斗嘴。

夫人惊喜送花电，
欢歌下楼身如燕。
子孝异域感母恩，
花容笑靥共灿烂。
悄问老爸吃醋否？
我嗔不肖何足羡。
替人养儿冤不冤？
越洋笑声荡彼岸。

答挚友

此生志在射天狼，
铁骑卷平呼延岗。
纵使百战金甲碎，
不教寸土失国疆。
熟料密州忙干猎，
关河未至鬓已霜。
信君万事皆前定，
些子疏狂满庭芳。

依法治国班同窗壮别

法治国家成就日，
民主社会发达时。
政权跳出周期律，
民族驶入太平期。
愿景美好诚可待，
道路艰难多荆棘。
为党为民为子孙，
尊法护法从我起。

醉酒吟歌

数位公安系统同学小聚。大醉，一挥而就。

四十春秋同窗梦，
一色华发两鬓生。
昔日豪气三千丈，
今朝心平六根清。
三杯老酒浇块垒，
百般糗事化笑声。
过关斩将成云烟，
除恶扬善慰平生。

彩石聚会

周日数位老友相约到济南市郊彩石山庄做客，相聚甚欢，以此记之。

天高彩石看鸿阵，
香茗闲庭洗凡尘。
满地落英红柿靓，
一泓碧水野凫亲。
旧新世界金樽斗，
中外故事笑腹频。
宠辱兴亡终有尽，
我心依旧向昆仑！

注：

葡萄酒有新世界、旧世界之别。

高中记忆

在参加高中同学小聚的乡间道路上，一边开车，一边口占此诗。

烽台山顶锨镢铮，
白马河畔铳床铿。
蒸饭笼里瓜干馊，
大通铺下盆水冰。

批林孔，学农工。
史地外语一边扔。
荒唐年代多少事，
四十年后犹扰梦。

再睹同学赠言感怀

整理旧作，意外发现高中毕业时的同学赠言，不觉间模糊了双眼。谨以此诗记此时心情。

（一）

惜别四十五年前，
当时意气正少年。
羞称同学称战友，
不书别情书豪言。

（二）

世事烟云易变幻，
人生参商难相见。
几人英年九泉下，
多少往事空悲叹！

（三）

千年修得同窗读，
万古往复尔何干？
今夕今夕共珍惜，
明日明日成惘然。

注：

参商，指参星与商星，两星此出彼没，应不相见。后引申出难相见、差距大、不和睦等意思。

附：杨利先生和诗

岁月沧桑忆从前，
中学同窗志向坚。
人生易老情难改，
相见依然是少年。

酬石松春臻先生

鲲鹏九霄击长空，
赤旗伟业五洲同。
醒来原是南柯梦，
把酒笑问谁英雄？

附：赠成波

石　松

无悔人生志未酬，
是非任议写春秋。
一轮皓月心中驻，
两袖清风誉自留。

附：微信赠成波兄

葛春臻

世事浮沉自古然，
花沟聚散泪湿沾。
东河碧水西坡柳，
化作诗情梦里谈。

注：

花沟，即诗集作者老家花沟村。

赠老友

沉霾早被东风散，
好雨无声入涸田。
遥想当年耕作苦，
何时把酒共言欢？

题赠王定坤

王者自有范，
定然不动山。
坤乾任纵横，
汗青传美谈。

思　念

哪堪相思又清秋，
梦里梦外皆是愁。
何日抽刀能断水，
不教长夜变白头。

锦　书

漫天风冽雪云浓，
一寸山河一寸冰。
千里锦书春意至，
万般苦寒化霓虹。

静夜思

——写给警院同学崔家富

瑟瑟秋风送嫩寒，
寂寂楼宇吾单单。
昔欲与君长相随，
今却遥隔万重山。

再展鱼雁细细看，
飒爽英姿跃眼帘。
历历往事一如故，
挚情深深难冲淡。

每每鏖战身心苦，
多多保重体康安。
发扬既往好精神，
为兄待君美名传。

注：

崔家富，曾任枣庄市公安局二级高级警长，三级警监。

先烈墓前

又到清明起柳风，
江河悲啸祭英灵。
胸中铭记先贤志，
奋发锐进建大同。

缅怀欧阳中石先生

欧阳中石先生晚年常回济南小住。作为书法爱好者，本人有幸多次受教。今大师仙逝，谨以此作表示深切悼念。

拜师呈习作，
称许释忐忑。
书海点迷津，
潜心临名帖。
笑谈学逻辑，
时展国粹乐。
谦敬晚生酒，
缘我泰安客。

注：

泰安客，泰安习惯称女婿为客。先生为泰安人，本人为泰安婿。

悼朱文奇烈士

满堂悲泪挥洒，
轸怀烈士春华。
两个不怕何在？
文奇明湖作答。
舍身勇救少儿，
热血辉耀华夏。
星陨清光犹在，
试看大地春发。

注：

朱文奇，济南市人，1981 年 1 月在济南大明湖勇救落水儿童，光荣献身，年仅 24 岁。

两个不怕，即“一不怕苦，二不怕死”。

读马强兄祭文伤怀

党校同学、内蒙科协主席马强教授悼念父母和姐姐的文章情真意切，感人肺腑。余又怀念已去世的老母和大姐等亲人，悲从中来，遂成此诗，献给清明时节为失去亲人而感伤的人们。

祭文半读闻杜鹃，
悲声欲忍泪潸潸。
贫贱怎不百事哀，
报恩那堪隔空远。
家风仁德有厚报，
诗书苦读必觉甘。
祭罢莫忘杏花酒，
不负亲恩不负天。

哀故友

贡献兰陵历署寒，
为官沂蒙政声远。
如玉始成君子范。
竟黄泉。

炮火连天身可安，
中宵难寐命难悬。
世上烦忧已不堪。
泪潸然。

对　联

（一）

天地地天天天地天天天

生死死生生生死生生生

（二）

高卧山林漫观四海风云

潜心悟道细品千古文章

（三）

天作画屏翠微含烟

人沐佛光福寿无量

（四）

海不杨波低唱浅吟好入梦

山凝苍翠重彩浓墨总销魂

读同窗挚友王成波诗集书稿感怀

（一）

览珠拾玉进诗林，高木入云松竹森。
春雨潇潇生紫翠，秋风飒飒有晴阴。
胸中丘壑英雄气，笔下柔情赤子心。
读到夜深天籁静，似听慈母捣衣砧。

（二）

犹忆同窗月影斜，诗书读出好年华。
警营曾展凌云志，宦海难寻渡水槎。
甘作塞翁能失马，不听紫绂奏悲笳。
兴来直欲邀元亮，把酒东篱就菊花。

注：陶渊明，字元亮。

（三）

草根数载沐朝晖，雨打霜欺立翠微。
诗里烽烟笺上尽，镜中银雪鬓边飞。
清风两袖心能静，明月双肩愿不违。
远去庙堂书作伴，官廉岂羡马牛肥。

（四）

四十年来似弈棋，沉浮常伴喜和悲。
政坛叱咤烟消日，诗笔峥嵘海阔时。
忧国愁看明月冷，怀乡望断白云驰。
清词吟罢情难已，中夜无眠心有思。

（五）

大川走过入名山，数载行吟云水间。
最喜花前醉明月，也曾梦里赋乡关。
每临古刹参禅意，始上高峰开笑颜。
兴在江湖挥彩笔，自由远胜赶朝班。

（六）

万般情愫在心头，吟啸开怀度夏秋。
苏子文章消块垒，陶公浊酒解忧愁。
卧来岩石山间鸟，跳出樊笼天外鸥。
最是妻儿贤与孝，诗中处处有芳洲。

（七）

剑影刀光曾建功，披霜历雪卌年中。
谈今说古天涯雨，悟道论文春日风。
对酒当歌看潮起，与君联袂赏霞红。
老来求静无多欲，惟喜旧朋知退翁。

（八）

苍茫征路岭逶迤，散尽烽烟游泽陂。
诗苑待君吟皎月，词林经雨发新枝。
何时听海波涛涌，指日看崂山影移。
正是金风秋景好，梦中唱和彩云垂。

注：

张君嘉，从警三十余载，中华诗词学会会员，山东诗词学会、青岛诗词学会理事，青岛市城阳区诗词学会会长。著有诗文集《警营情韵》、诗词集《钓淇吟稿》。

后 记

南宋著名词人张孝祥在被谗害罢官的路上，写下了《念奴娇·过洞庭》。这首词的空灵澄澈、沉雄辽阔、放达忘机，令人沉醉神往，也正是本人在诗歌创作中竭力追求的境界。这本诗集，就从中摘出一句作为书名：扣舷独啸。

所谓写诗，本人大概经历了三个比较集中的时段：一个是从 1974 年夏上高中至 1977 年冬恢复高考，三年多的时间，主要是时事性、口号性的内容，那时可谓豪气干云天、壮志不言愁。后来写的少了，但这个主题和风格一直持续到十一届三中全会。该期作品已结集在《火红少年》中。第二个是 1980 年毕业到了省直机关，时空转换，视野开阔，思想复杂了，主要题材多是感遇性、励志性的，总体格调是初识愁滋味、望断天涯路。此时的作品相对较少。1984 年之后，逐渐进入了忙忙碌碌、不舍昼夜的职业时光，一晃三十多年，写诗成了奢侈品。再一个是 2016 年年初至今，由于岗位突生变故，工作日渐轻松，心情悄然大好，山水田园、四季风物、禽鸟走兽，均能不时激发兴致，不得不诉诸诗笺。此时可谓悲悯天下苍生、早已忘却营营。这次把第二、第三个时段的作品，一起集在了《扣舷独啸》里。

这本集子的作品，除了自由体以外，多数还是力求按照诗词格律来写的，只是离格律的标准特别是平仄的要求有明显差距。这一方面是水平所限，无法达到既严守格律又能尽情表达的境界；另一方面也是不愿过于受到格律的限制。我认为诗词的创作和评判，其基本原则，应该是尊重格律而不拘泥于格律，不能以词害意。格律是从唐代开始兴起的，也是诗人词家们在实践中逐步创造的。谁能说此前的《诗经》《离骚》等古典诗歌比唐诗宋词逊色？李白之诗，苏轼之词，才气纵横，震古烁今，可他们很多时候并不受格律的限制。就连极其注重格律的杜甫有时也是如此。历史上许多名篇，包括崔灏的《黄鹤楼》、孟浩然的《宿建德江》、王维的《积雨辋川庄作》，恰恰是不和格律的。在经历了十年空前浩劫、时代飞速发展、自由体大行其道的今天，还要严格固守着千百年前的格律不放，是否有些不合时宜？是否有碍于诗词文化复兴？值得商榷。当然，本人并不反对在不影响原意表达的情况下，尽量按照格律来创作。有时被格律逼一下，可能会有意外的收获。为使这本集子的气韵畅达，尽管其中部分作品基本合乎格律，但并未对律句绝句和词牌作何标注。

这里还需说明的是，集子里收录的作品，时间跨度四十多年，是在不同时代背景、不同个人感遇、不同语言环境下，形成的色彩不同的东西：有的阳光明媚，有的风雨交加；有的谈笑风生，有的泪水潸然。不管何种色彩，在整个创作过程中，始终都不敢忘记自己的政治身份，始终都不敢轻视默默奉献的劳动大众，始终都不敢辜负生我养我的这片土地。恳望读者在阅读批评时，能够坚持客观的历史的态度，不要完全按某一时期某一方面的标准去做过度解读和丈量。

最后，要非常郑重地感谢著名作家、第九届中国作家协会副主席叶辛先生，在百忙中给诗集作序，对我给予了热情鼓励和有力鞭策！同时，深深感谢著名书法家石松、吴泽浩、张仲亭、张传旭先生拨冗赐我墨宝；感谢同窗挚友张君嘉先生对诗稿韵律悉心审议并赋诗谬赞；感谢在书稿整理出版过程中给予积极帮助的张亚丽和万晋、李文硕、孙作志先生，感谢中国书籍出版社的支持。因水平所限，错误在所难免，还望读者多多海涵。

2022 年秋 于济南珍珠泉畔